KİTAPLARDAN NEFRET EDEN KIZ

The Girl Who Hated Books

by Manjusha Pawagi

Illustrated by Leanne Franson

Turkish Translation by Seda Kervanoğlu

mantra

Bir zamanlar Meena adında bir kız varmış. Bu kız okumaktan ve kitaplardan nefret edermiş.

"Hep yoluma çıkıyorlar," diye söylenirmiş. Bu gerçekten doğruydu! Evlerinin her yanı kitap doluydu. Kitaplar sadece normalde oldukları kitaplıklarda değil, heryerdeydiler. Banyo küvetinin ve lavabonun içinde bile kitaplar vardı!

Once there was a girl named Meena. She hated to read and she hated books.

"They're always in the way," she said. And this was true! In her house books were everywhere. Not just on bookshelves where books usually are, but in all sorts of places where books usually aren't. There were even books in the bathtub and books in the sink!

Buna rağmen Meena'nın anne ve babası hâlâ eve bir çok kitap getiriyorlardı. Kitaplar satın aldılar, ödünç aldılar, kataloglardan ısmarladılar.

Fakat Meena'ya ne zaman okumayı isteyip istemediğini sorsalar hemen ayak diretip "Kitaplardan nefret ediyorum!" diye bağırırdı. Kitaplardan Meena'dan daha çok nefret eden birisi vardı; o da kedisi Max idi. Küçücük bir bebekken kuyruğuna atlas düşmüş ve ucunu incitmişti. Ondan beri Max kitapların altında değil de üstünde durmaya dikkât eder.

Worse still, Meena's parents were always bringing home MORE books. They bought books and borrowed books and ordered books from catalogues.

But when they asked Meena if she wanted to read, she would stamp her feet and shout, "I hate books!"

The only one who hated books more than Meena was her cat, Max. When he was a kitten, an atlas fell on his tail and bent the tip. Ever since, Max tried to stay on top of the books, rather than below them.

Bir sabah Meena kendine ve Max'e kahvaltı hazırlamaya mutfağa gitti. Önce mısır gevreğine ulaşmak için bir ansiklopedi yığınının üzerine tırmandı. Sonra buzdolabını açtı ve sütü alabilmek için bir dizi kitabı kenara çekti.

"Max!" diye bağırdı. "Kahvaltı hazır!"

Fakat Max gelmedi. "Nerede olabilir?" diye meraklandı. Aniden yüksek bir "Miyaaav!" sesi duydu.

One morning Meena went to the kitchen to make breakfast for herself and Max. First she climbed onto a stack of encyclopedias to reach the cereal. Then she opened the fridge, and moved a pile of books to get the milk.

"Max!" she called. "Breakfast is ready!"

But Max didn't come. "Where can he be?" she wondered. Suddenly she heard a loud "Meeeeyooow!"

Yemek odasına koştu. Max orada evdeki en yüksek kitap kulesinin tepesinde mahzur kalmış, aşağı inemiyordu. Bunların hepsi ona anne ve babasının aldığı, onun da okumayı reddettiği kitaplardı.

"Merak etme Max," diye seslendi Meena. "Şimdi seni kurtaracağım!" Kitap kulesine tırmanmaya başladı. İşi 'ilk başta kolaydı. Önce resimli ve ciltli kitaplara tırmandı ama kapakları ciltsiz olanlara ulaşınca ayağı kaydı.

She ran into the dining room and there he was, stuck on top of the tallest pile of books in the house. They were all the books her parents had bought her and she had refused to read.

"Don't worry Max," Meena called up to him. "I'll save you!" She started to climb the pile of books. At first it was easy because the picture books had hard covers, but when she reached the paperbacks her foot slipped.

KÜÜT! Bütün kitaplar havada uçuşuyordu. İlk defa kitaplar yere açık olarak düştükçe garip şeyler olmaya başladı.

Açılan sayfalardan önce insanlar sonra da hayvanlar düşüp yere yuvarlanmaya başladılar.

CRASH! The books went flying. They fell open for the first time and the pages flipped apart. As they landed strange things began to happen.

First people, then animals started falling out of the pages and tumbling to the ground.

Prensler, prensesler, periler, kurbağalar vardı. Sonra, kurt ve üç domuzcuk ve bir kütük üzerinde bir olta. Humpty Dumpty havada uçtu ve ana kaz ile mor zürafanın arkasına düşerek ikiye bölündü. Fakat ortalıkta en çok tavşanlar vardı; orada burada bir sürü yaban tavşanları, beyaz tavşanlar, şapkalı tavşanlar.

There were princes and princesses, fairies and frogs. Then, a wolf and three pigs and a troll on a log. Humpty Dumpty went flying and then broke in half, behind Mother Goose and a purple giraffe. But most of all there were rabbits, falling this way and that. Wild rabbits and white rabbits and rabbits with hats.

Meena şaşkınlıktan kıpırdayamaz bir hâlde tüm bunların ortasında oturup öylece kalakaldı. "Ben kitapların tavşanlarla değil, sözcüklerle dolu olduğunu sanıyordum!" demesiyle altı tane daha tavşan bir kitaptan fırlayıp yanına düştüler.

Artık oda tanınmaz bir hâle gelmişti. Fil sehpanın üzerinde dengede durmuş değerli çin işi tabaklarla hokkabazlık yapıyordu. Maymunlar perdeleri yırtmışlar onları pelerin niyetine kullanıyorlardı.

Meena sat there in the middle of it all, too surprised to move. "I thought books were full of words, not rabbits!" she said as six more came tumbling out of a book beside her.

By now, she couldn't recognise the room at all. The elephant was balancing on a coffee table juggling the good china plates. The monkeys had torn down the curtains and were using them as capes.

"Durun!" diye bağırdı Meena. "Geri dönün!" Fakat o kadar çok gürültü vardı ki kimse onu duymadı. Ona en yakın duran tavşanı tutup yemek kitabına sokmaya çalıştı, fakat bu onu öyle korkuttu ki debelenip Meena'nın elinden kaçıp kurtuldu.

"Bu böyle olmayacak," dedi Meena "Kimin hangi kitaba ait olduğunu bilmiyorum." Biraz düşündü. "Tamam," dedi "Herbirine nereye ait olduklarını sorarım."

"Stop!" cried Meena. "Go back!" But there was so much noise that no one heard her speak. She grabbed the nearest rabbit and tried to stuff him into a cookbook, but that scared him so much he wriggled out of her grasp and ran away.

"This won't work," said Meena. "I don't know who belongs in which book." She thought for a minute. "I know," she said, "I'll just ask everyone where they belong."

Meena masanın altında hüngür hüngür ağlayan bir kurt gördü. "'Kırmızı Başlıklı Kız' dan mı yoksa 'Üç Küçük Domuzcuk' tan mı çıktım hatırlamıyorum!" diye sızlandı kurt burnunu masa örtüsüne silerek. Fakat Meena ona bu konuda yardımcı olmadı çünkü bu iki hikayeyi de okumamıştı.

Sonra Meena'nın aklına başka bir fikir geldi. Yanında duran ilk kitabı alıp yüksek sesle okumaya başladı. "Bir zamanlar," diye başladı, "çok çok uzaklarda bir diyarda..."

Meena found a wolf sobbing under the table. "I can't remember if I'm from Little Red Riding Hood or The Three Little Pigs!" he wailed and blew his nose on the tablecloth. But Meena couldn't help him because she had never read either story.

Then she had another idea. She picked up the nearest book and began to read aloud. "Once upon a time," she began, "in a land far far away..."

Yavaş yavaş tüm hayvanlar hoplamayı sıçramayı ötmeyi kesip onun yanına sokuldular. Hikayede sonra ne olduğunu duymak istiyorlardı. Sonunda hepsi Meena'nın etrafına oturup onu dinlemeye başladılar. İkinci sayfanın başındayken domuzcuklar yerlerinden sıçrayıp kitabın içinde kayboldular.

Meena bütün kitaplarını teker teker okudu ve herkes nereye ait olduğunu buldu.

Slowly, the creatures stopped jumping and chattering. They crept closer and closer to hear what happened next. Soon they were all sitting around Meena, listening to her read. When she reached the top of the second page, the pigs jumped up. "That's us!" they cried. "That's our page!" They leapt onto her lap and disappeared into the book.

One by one she began reading all her books, and one by one everyone found out where they belonged.

Sonunda odada bir tek mavi paltolu bir tavşan kalmıştı. "Belki bu tavşan benimle kalır" diye düşündü. Herkes gidince kendini yalnız hissetmişti. Fakat küçük tavşan eve dönmek istedi. Çaresiz, derin bir iç çekişle son kitabın kapağını açtı ve tavşan hemen içeri girip kayboldu. Eve bir sessizlik çöktü. "Onları bir daha hiç göremeyeceğim!" dedi, fakat bütün kitapların oldukları yerde durduğunu farketti. Yüzünde bir gülümseme belirdi.

At last, there was just one little rabbit in a blue coat left in the room. "Maybe I could keep this rabbit with me," she thought. She was feeling lonely now that everyone else had gone. But the little rabbit wanted to go home. So, with a big sigh, Meena opened the last book and the rabbit hopped in.

The house was quiet. "Now I'll never see any of them again!" she said, but then she realised that all the books were still there lying around her. Meena started to smile.

Anne ve babası eve gelince gözlerine inanamadılar. Odanın perişan olmuş hâli değil, şaşırdıkları Meena'nın odanın ortasında oturup kitap okuyor olmasıydı.

When her parents came home they couldn't believe their eyes. Not because the room was a mess. But because there, sitting in the middle of the room, was Meena, reading a book.